Franz Heinrich Reusch

Theologische Facultäten oder Seminare?: Rede gehalten bei dem Antritte des Rectorates der Rheinischen Friedrich-Wilhelms-Universität am 18. October 1873

Antigonos

Franz Heinrich Reusch

Theologische Facultäten oder Seminare?: Rede gehalten bei dem Antritte des Rectorates der Rheinischen Friedrich-Wilhelms-Universität am 18. October 1873

Unveränderter Nachdruck der Originalausgabe von 1873.

1. Auflage 2024 | ISBN: 978-3-38634-558-3

Antigonos Verlag ist ein Imprint der Outlook Verlagsgesellschaft mbH.

Verlag: Outlook Verlag GmbH, Zeilweg 44, 60439 Frankfurt, Deutschland, info@outlook-verlag.de
Vertretungsberechtigt: E. Roepke, Zeilweg 44, 60439 Frankfurt, Deutschland
Druck: Libri Plureos GmbH, Friedensallee 273, 22763 Hamburg, Deutschland

Theologische Facultäten oder Seminare?

Rede

gehalten bei dem Antritte des Rectorates

der Rheinischen Friedrich-Wilhelms-Universität

am 18. October 1873

von

Dr. F. H. Reusch,

Professor der katholischen Theologie.

Bonn,

Eduard Weber's Buchhandlung.

R. Weber & M. Hochgürtel.

1873.

Theologische Facultäten oder Seminare?

Rede

gehalten bei dem Antritte des Rectorates

der Rheinischen Friedrich-Wilhelms-Universität

am 18. October 1873

von

Dr. F. H. Reusch,

Professor der katholischen Theologie.

Bonn,

Eduard Weber's Buchhandlung.

R. Weber & M. Hochgürtel.

1873.

Es ist eine gute alte Sitte, daß der Universitätslehrer, den das Vertrauen seiner Collegen zu der Verwaltung des höchsten akademischen Ehrenamtes berufen hat, mit einem öffentlichen Vortrage in einer Versammlung der Angehörigen und Freunde der Universität seine Amtsführung beginnt. Es ist natürlich, daß zum Thema dieser Antrittsrede ein Gegenstand gewählt wird, welcher einerseits für Alle, vor denen der Redner zu sprechen die Ehre hat, von Interesse, wo möglich von einem durch die Zeitverhältnisse gesteigerten Interesse ist, und welchen zu behandeln anderseits der Redner auf Grund seiner Studien und Erfahrungen sich für besonders berufen halten darf. Wenn nun heute in Folge der Wahl seiner Collegen ein Theologe zu Ihnen zu reden hat, so ist diesem, wie mir scheint, das Thema seines Vortrages von selbst gegeben. Ich glaube wenigstens kein passenderes wählen zu können als die Stellung der theologischen Facultät oder der theologischen Facultäten zu der Universität, und ich fürchte nicht, ehe ich zu der Besprechung dieses Themas übergehe, erst die Wahl desselben vor Ihnen rechtfertigen zu müssen.

Die Frage, ob auch die Theologie zu den Wissenschaften gehöre, zu deren Pflege die Universitäten berufen sind, ist in den Jahrhunderten, in welchen die ersten Universitäten entstanden, gar nicht aufgeworfen worden. An denjenigen mittelalterlichen Universitäten, welche nicht Specialschulen für einzelne Fächer waren, sondern auf den Namen einer Universitas literarum in der jetzigen Bedeutung des Wortes Anspruch machen konnten, war vielmehr die Theologie die anerkannte Hauptdisciplin und

hatte auch die Philosophie und die Jurisprudenz einen vorwie=
gend theologischen Charakter. Das Aufkommen des Humanis=
mus hat daran im Wesentlichen nichts geändert, und die Glaubens=
spaltung des sechszehnten Jahrhunderts hat für die nächstfolgende
Zeit die hervorragende, dominirende Stellung, welche die Theo=
logie unter den akademischen Disciplinen einnahm, wenigstens
an den deutschen Universitäten eher befestigt als erschüttert. Erst
in den letzten Jahrhunderten haben sich die anderen Wissenschaften
so entwickelt, daß sie an den Universitäten der Theologie eben=
bürtig wurden, daß eine Scheidung, Ordnung und Organisation
der einzelnen Facultäten, wie wir sie jetzt an unseren Univer=
sitäten haben, möglich und nöthig wurde, und daß die Theologie
auf den primatus jurisdictionis verzichten und die theologische
Facultät sich mit dem Ehrenvorrange einer prima inter pares
unter ihren Schwester=Facultäten begnügen mußte. Daß aber
zu einer vollständigen deutschen Universität auch eine theologische
Facultät gehöre oder, wo die confessionellen Verhältnisse dieses
erheischten, zwei theologische Facultäten, daran hat bei der neuen
Organisation der bestehenden und bei der Gründung neuer Uni=
versitäten in unserm Jahrhundert Niemand gezweifelt. Erst in
unseren Tagen ist überhaupt die Frage aufgetaucht, ob nicht
eine Ausscheidung der theologischen Facultäten aus dem Ver=
bande der Universitäten geboten oder wenigstens zulässig sei. In
Italien ist vor kurzem diese Frage bejahend entschieden und sind
die theologischen Facultäten, die freilich schon seit längerer Zeit
meist nur noch ein schattenhaftes Dasein fristeten [1]), förmlich auf=
gehoben worden. Ich hoffe, — um von vornherein meine Ueber=
zeugung auszusprechen, — unsere deutschen theologischen Facul=
täten und unsere deutschen Hochschulen werden vor einer Maß=
regel bewahrt bleiben, welche in den augenblicklichen Verhält=
nissen auf der einen Seite freilich eine Rechtfertigung oder Ent=
schuldigung finden zu können scheint, welche sich aber doch selbst

unter diesen Verhältnissen als eine voreilige Verzweiflungs- und Gewaltmaßregel darstellen und welche auf die Dauer beide Theile schwer schädigen würde.

Unsere Universitäten sind unter einem doppelten Gesichtspunkte zu betrachten: sie sind einerseits Pflegestätten der Wissenschaft, anderseits Bildungsanstalten für die Jugend, und es ist ein besonderer Vorzug unserer deutschen Hochschulen, daß sie diese doppelte Aufgabe in harmonischer Vereinigung zu verwirklichen bestimmt sind, daß nicht etwa die Förderung der Wissenschaft durch Forschung und literarische Thätigkeit den Akademieen und ähnlichen gelehrten Körperschaften überlassen und mit der Ausbildung junger Leute zu einem bestimmten Berufe Lehrer an besonderen Fachschulen betraut werden. „Die deutschen Hochschulen haben, wie Döllinger[2]) sagt, gerade den thatsächlichen Beweis geführt, daß diese so oft und selbst von Professoren für unvereinbar erklärten Leistungen nicht nur sehr wohl mit und neben einander bestehen können, sondern daß sie auch fördernd auf einander einwirken, daß z. B. der Gelehrte, welcher als Forscher und kräftiger Arbeiter hervorragt, durchschnittlich auch als Lehrer die besseren Erfolge erzielt. Denn gleichwie Niemand die Wissenschaft bewahren kann, der nicht auch sie zu vermehren im Stande ist, so ist auch nur der fähig, wahrhaft wissenschaftlich zu lehren, der sich als selbständiger Forscher bewährt und nicht mit bloßem Sammeln und Verarbeiten eines von Anderen gelieferten Materials sich begnügt."

Soll aber eine Universität eine Pflegestätte der Wissenschaft ihrem ganzen Umfange nach sein, so darf sie die Theologie von sich nicht ausschließen. So sehr ist die Vergangenheit mit ihrer Ueberzeugung, daß die Theologie die Königin unter den Wissenschaften sei, doch nicht im Irrthum gewesen, daß man der Theologie den Charakter einer Wissenschaft und die Fähigkeit, wissenschaftlich behandelt zu werden, ganz absprechen und darum zu einer Aufhebung oder Auflösung der theologischen Facultäten sich für berechtigt halten dürfte. Auch dann würde die Idee einer Universität nicht genügend gewahrt werden, wenn man, wie das in Italien, glaube ich, nach der Ausscheidung der theologischen Facultäten geschehen ist, Professuren der Exegese, der Kirchengeschichte und kirchlichen Archäologie und der Religionswissenschaft als Bestandtheile der philosophischen Facultät fortbestehen lassen wollte. Denn damit wird man doch nicht der theologischen Wissenschaft gerecht, daß die Auslegung der biblischen Bücher als Zweig der orientalischen und griechischen Philologie, Kirchengeschichte und kirchliche Alterthumskunde als Theil der Völker- und Culturgeschichte, Dogmatik und Ethik als Zweig der Philosophie und Religionsgeschichte behandelt werden. Die einzelnen theologischen Disciplinen stehen nicht nur mit Sectionen der philosophischen Facultät, sondern auch unter einander in einem innern Zusammenhange, und die Theologie als Ganzes ist einer wissenschaftlichen Pflege ebensowohl fähig wie bedürftig und hat darum als solche einen begründeten Anspruch darauf, als eine der akademischen Disciplinen eine besondere Facultät zur Vertreterin und Pflegerin zu haben.

Diesen Satz näher zu begründen, muß ich mir hier versagen, da mich das in zu ausführliche und in specifisch theologische Erörterungen verwickeln würde. Es wird für meinen nächsten Zweck genügen, auf die Thatsache hinzuweisen, daß denn doch die meisten evangelisch-theologischen und einige katholisch-theologische Facultäten an unseren Hochschulen auch in unserm Jahrhundert bezüglich der Pflege der Wissenschaft anerkanntermaßen sich als den Schwester-Facultäten ebenbürtig erwiesen haben, und daß, wenn man die Männer aufzählt, deren Wirksamkeit unsere Hochschulen ihren Ruhm als Pflegestätten der Wissenschaft verdanken, in diesem Verzeichniß die Namen einer Reihe von deutschen Theologen nicht fehlen dürfen, von Gelehrten, die gern eingestehen werden, daß sie das, was sie geworden sind, zum guten Theile ihrer Stellung an einer Universität zu verdanken haben, die aber ihrerseits auch dazu beigetragen haben, die Hochschule, der sie angehörten, zu einer wahren Universität zu machen.

Indeß, wenn gegenwärtig der Gedanke an eine Loslösung der theologischen Facultäten von den Universitäten auftaucht, so ist ja anerkanntermaßen dieser Gedanke viel weniger durch theoretische Zweifel an dem wissenschaftlichen Charakter und an der Möglichkeit einer wissenschaftlichen Behandlung der Theologie hervorgerufen worden, als durch praktische Rücksichten, bei welchen die Universitäten nicht so sehr als Pflegestätten der Wissenschaft als vielmehr nach der andern Seite ihrer Aufgabe in Betracht kommen, als die Anstalten, an welchen junge Leute einerseits die allgemeine höhere Bildung, anderseits ihre specielle Vorbildung für ihren Lebensberuf erhalten. Wollen wir die Frage so formuliren, wie sie eigentlich gemeint ist, so müssen wir sie so fassen: ist es nöthig, rathsam oder zulässig, daß die zukünftigen Geistlichen die wissenschaftliche Vorbildung für ihren Beruf an den Universitäten erhalten und daß darum unsere Hochschulen ihre theologischen Facultäten behalten?

Wenn ich mich bei der Erörterung dieser Frage auf die katholisch-theologischen Facultäten beschränke, so findet das seine Rechtfertigung darin, daß bis jetzt wenigstens wohl nur innerhalb der katholischen Kirche und bezüglich der Candidaten des katholischen geistlichen Standes die Nothwendigkeit oder Zweckmäßigkeit der Universitätsbildung in Frage gestellt und die Ansicht ausgesprochen und durchzuführen versucht worden ist, dieselben könnten ihre wissenschaftliche Vorbildung für ihren Beruf ebenso wohl oder besser auf anderen, von den Universitäten losgelösten Anstalten erhalten.

In der That stehen sich hier zwei grundsätzlich verschiedene

Anschauungen gegenüber. Nach der einen sollten die jungen Leute, welche sich dem geistlichen Stande widmen wollen, ihre erste Vorbildung an denjenigen Anstalten erhalten, welche überhaupt von Allen besucht werden, die sich für einen gelehrten Beruf vorbereiten, also an den Gymnasien; sie sollten dann ihre wissenschaftlichen Studien an einer Universität machen, und nach Absolvirung ihres Trienniums oder Quadrienniums in den sog. Clericalseminarien die nähere praktische und ascetische Vorbereitung für ihre seelsorgerliche Thätigkeit erhalten. Nach der andern Anschauung sollen die Candidaten des geistlichen Standes in möglichst jugendlichem Alter, etwa im zwölften Lebensjahre, in besondere Lehranstalten aufgenommen werden und dort, getrennt von ihren Altersgenossen, ihre gesammte Ausbildung erhalten, von den Elementen des humanistischen Unterrichts an bis zu den für den Empfang der geistlichen Weihen für erforderlich erachteten Kenntnissen hinauf.

In Frankreich, Italien und anderen Ländern wird dieses System der Seminar-Erziehung strenge durchgeführt. In Deutschland ist die consequente Durchführung desselben bis jetzt noch nicht möglich gewesen: die sog. Knabenseminarien sind hier zum großen Theile nur mit öffentlichen Gymnasien verbundene Convicte, und die theologischen Seminarien haben an den meisten Orten unter dem Namen von Lyceen oder philosophisch-theologischen Lehranstalten eine solche Organisation, daß sie sich als Fragmente von Universitäten, als vereinzelte Universitäts-Facultäten darstellen. Als das anzustrebende Ziel, als das eigentliche Ideal wird aber auch hier die Ausbildung der Candidaten des geistlichen Standes in besonderen, von den Hochschulen durchaus losgelösten und lediglich unter dem Einflusse der kirchlichen Auctoritäten stehenden Lehranstalten angesehen[3]).

Ich trage kein Bedenken, meine Ueberzeugung offen auszusprechen, daß dieses System ein verkehrtes ist und die wahren

Interessen nicht nur des Staates und der Gesellschaft, sondern auch der Kirche und des geistlichen Standes mit schwerer Schä= digung bedroht.

Zur Begründung dieses Satzes knüpfe ich zunächst an das an, was ich im Anfange meines Vortrages hervorgehoben. Un= sere deutschen Hochschulen sind zugleich Pflegestätten für die Wissen= schaft und Bildungsanstalten für die Jugend, und der Vorzug der Universitätsbildung vor der Bildung, die in Fachschulen gewonnen werden kann, hat einen Hauptgrund darin, daß die Universität ein Vereinigungspunkt von Männern ist, welche, zwar zunächst jeder in einem besondern Fache, aber dabei gemeinsam, zu einem bei aller Mannigfaltigkeit und Verschiedenheit orga= nisch gegliederten Ganzen vereinigt, die Pflege und Förderung der Wissenschaft sich zur Lebensaufgabe gemacht haben. Nicht nur die Bibliothek und die übrigen Hülfsmittel, welche eine Uni= versität in reicherer Fülle darbietet als ein Seminar oder eine Fachschule, auch der persönliche Verkehr mit Vertretern der ver= schiedenen Wissenschaften und die vielfache Anregung, welche der= selbe bietet, ja schon das Bewußtsein, einer gelehrten Corporation, wie eine Universität sie ist, anzugehören, und der Sporn, der darin liegt, sich auf gleicher wissenschaftlicher Höhe mit den Collegen zu erhalten: das alles zusammen ist viel eher geeignet, einem akade= mischen Lehrer der Theologie die wissenschaftliche Forschung und die wissenschaftliche Lehrweise zu erleichtern, als die Verhältnisse, wie sie der Natur der Sache nach an anderen Lehranstalten herr= schen, selbst wenn hier zu den unvermeidlichen Uebelständen der Isolirung, der Beschränktheit der Bildungs= und Lehrmittel, des Mangels der Anregung und des Wetteifers nicht noch andere Uebelstände hinzukommen, welche sich thatsächlich an den Semi= narien und ähnlichen theologischen Lehranstalten finden, wie z. B. die ungünstige und unsichere äußere Stellung, eine ängstliche und mißtrauische Ueberwachung, die Ueberbürdung mit Neben=

ämtern oder Combinationen und Vertauschungen von Lehrfächern, wie folgende, die ich mit Namen belegen könnte: daß ein rite promovirter Doctor juris Jahre lang Professor des Kirchen= rechts und der Philosophie war, von der er nichts wußte, wäh= rend einer seiner Collegen, der sich speciell mit philosophischen Studien beschäftigt hatte, erst Jahre lang etwas classische Phi= lologie und jüdische Geschichte, dann plötzlich etwas Naturwissen= schaften zu tradiren hatte. Nachdem dieser Director eines Schul= lehrerseminars geworden, wurde sein Nachfolger auf seinem Lehr= stuhle, dem Lehrstuhle der Diöcesan=Physik, wie man ihn dort zu Lande scherzhaft nennt, ein junger Mann, der sich bis da= hin nur durch eine theologische Streitschrift bekannt und mit den Gerichten in unliebsame Berührung gebracht hatte; dieser Professor der Diöcesan=Physik ist oder war nebenbei Director des bischöflichen Knabenseminars. Der besagte Professor des Kir= chenrechts und der Philosophie wurde mit der Zeit Domherr; als sein Nachfolger für beide Fächer wurde ein Geistlicher be= rufen, welcher vorlängst in Rom studirt hatte und Doctor ge= worden, seitdem aber, ich glaube zwanzig Jahre, in einem abgele= genen Städtchen in der Seelsorge thätig gewesen war. Mitt= lerweile hatte der Bischof die Absicht geäußert, nach dem Vor= gange eines seiner Nachbaren seinen Kaplan und Secretär zum Domherrn zu machen; es wurde ihm vorgestellt, daß dieses für ältere Aspiranten, namentlich den Professor der Moraltheologie, eine Zurücksetzung sein würde; so wurde denn dieser letztere Dom= herr und nun natürlich der bischöfliche Kaplan Moral=Professor. Nach wenigen Jahren vertauschte er diese Professur mit einer Pfarrei. Der vorhin erwähnte Doctor romanus wurde nun Professor der Moraltheologie, und jetzt wurde auch die unnatür= liche Ehe zwischen Kirchenrecht und Philosophie geschieden: jedes der beiden Fächer erhielt seinen besondern Vertreter. Alle diese und noch einige andere Personen= und Rollenwechsel, — von denen nur drei Docenten unberührt blieben, — sind innerhalb der letzten vierzehn Jahre vorgekommen, und der Bischof, der sie angeordnet, und der selbst früher Universitäts=Professor war, hat öffentlich erklärt, glaubt also auch wohl, seine Lehranstalt könne hinsichtlich der Leistungen mit jeder theologischen Universitäts=Facultät concurriren.

Als Lehrer der Theologie, wie jeder andern Wissenschaft, vermag gegenwärtig nur derjenige erfolgreich zu wirken, der sich entschließen kann, die Pflege seiner Wissenschaft, und zwar eines bestimmten, umgrenzten Zweiges derselben, zu seinem Lebensberufe zu machen. Das thuen erfahrungsmäßig Universitäts=Professoren in der Regel, während es zu den Ausnahmen gehört und sehr erklärlicher Weise zu den Ausnahmen gehört, daß ein Lehrer an einem Seminar oder an einer andern theologischen Lehranstalt als Professor seines Faches lebt und stirbt. Diejenigen, welche dazu den Beruf haben, erstreben immer und erlangen vielfach eine akademische Professur; die anderen tradiren ihr Fach oder nach oder neben einander mehrere Fächer eine Reihe von Jahren, so gut es eben geht, und lassen sich dann mit Domherrenstellen, guten Pfarreien und dergleichen belohnen 4).

So erklärt sich auch die weitere Thatsache, daß, was die letzten Decennien an wissenschaftlichen literarischen Leistungen auf dem Gebiete der katholischen Theologie aufzuweisen haben, sich zum weitaus größten Theile an die Namen von Universitäts=Professoren anknüpft. Man kann freilich ein guter Docent sein, ohne Bücher zu schreiben; aber in der Regel werden für ihr Fach interessirte, selbständig forschende und anregend vortragende Docenten sich auch veranlaßt sehen, irgendwie literarisch thätig zu sein. Nach dem Gesagten dürfte die Behauptung nicht zu kühn sein, daß in der Regel die Docenten der Theologie an den Universitäten besser befähigt sind, in wissen=

schaftlich gründlicher und anregender Weise ihre Disciplin vor=
zutragen und ihre Zuhörer in dieselbe einzuführen. Von dem
theologischen Unterrichte in den Seminarien in Frankreich, dem
classischen Boden der Seminarbildung, sagt ein durchaus wohl=
wollender Beurtheiler, der Abbé Delarc, er sei „ein theologischer
Elementar=Unterricht, man könne fast sagen: ein weiter ausge=
führter Katechismus=Unterricht", und was ich von den Lehr=
büchern französischer Seminar=Professoren kenne, ist nicht ge=
eignet, dieses Urtheil als zu hart erscheinen zu lassen. So
schlimm ist es in Deutschland durchgängig noch nicht, weil bei
uns das System, das in Frankreich herrscht, nur erst noch in
der Entwicklung begriffen ist oder war. Aber die Tendenz,
den theologischen Unterricht, wie man es nennt, praktisch zu ge=
stalten, das für den unmittelbaren Gebrauch bei der seelsorger=
lichen Thätigkeit Nützliche ungebührlich zu bevorzugen, das an=
geblich nur für den Gelehrten Wissenswerthe mit einer Art von
Scheu, wenn nicht geringschätzig von dem Vortrage auszuschließen,
das Lernen des Compendiums an die Stelle des Studiums zu
setzen, — diese Tendenz hat doch auch schon an deutschen Lehr=
anstalten bedenkliche Erscheinungen hervorgerufen.

Zur Entschuldigung der Thatsache, daß der theologische
Unterricht in den französischen Seminarien fast nur ein weiter
ausgeführter Katechismus=Unterricht sei, führt der Abbé Delarc
die andere Thatsache an, daß ein Seminar neben tüchtigen auch
minder begabte Zöglinge umschließe und daß der Unterricht des
Lehrers diesen wie jenen verständlich sein müsse. Das wird
freilich auch bei einem akademischen Lehrer der Theologie zu=
treffen, daß seine Zuhörer nicht die gleiche Begabung und eine
gleich gute Vorbildung mitbringen. Aber d i e Vorbildung
haben sie doch alle, welche die Absolvirung eines Gymnasiums
zu geben vermag. Freilich haben bis jetzt noch auch die meisten
jungen Leute, welche die bischöflichen theologischen Lehranstalten

besuchen, die Maturitätsprüfung bestanden. Aber in Oesterreich haben die Bischöfe schon oft auf diese Anforderung verzichtet[5]); ich kenne auch preußische Diöcesen, in welchen, bis jetzt allerdings nur ausnahmsweise, auch junge Leute, die das Gymnasium nicht absolvirt hatten oder die im Abiturienten=Examen durchgefallen waren, zu Priestern geweiht worden sind, und in einer jetzt preußischen Diöcese gehörte es bis zu diesem Jahre zu den sel= tenen Ausnahmen, daß ein Theologie=Studierender das Gym= nasium absolvirt hatte. Würde auch in Deutschland das System der Seminar=Erziehung vollständig durchgeführt, so würden die zukünftigen Theologie=Studierenden von den Gymnasien fern gehalten und in eigenen Lehranstalten für ihr Fachstudium vor= bereitet werden, und ich glaube, man tritt denjenigen, welchen dieses System als Ideal gilt, nicht zu nahe, wenn man an= nimmt, daß sie in wissenschaftlicher Beziehung noch viel be= scheidenere Anforderungen stellen würden, als sie an die Abitu= rienten eines Gymnasiums gestellt zu werden pflegen.

Gehen wir aber auch von der Voraussetzung aus, daß die Candidaten des geistlichen Standes an den Universitäten und an anderen Lehranstalten mit gleicher Vorbildung ihre Studien beginnen: jedenfalls bietet ihnen die Universität eine viel bessere Gelegenheit, diese Studien erfolgreich zu betreiben, als ein Seminar oder eine andere theologische Lehranstalt. Daß die Docenten in der Regel tüchtiger und anregender sein werden, habe ich schon vorhin erwähnt. Daß es um die Bibliothek und sonstige Lehrmittel an einer Universität auch für die Stu= denten viel besser bestellt ist als an anderen Lehranstalten, ist selbstverständlich. Auch den Vortheil brauche ich nur anzu= deuten, daß auf der Universität den Theologie=Studierenden Gelegenheit geboten ist, sich auf den an die Theologie angren= zenden Gebieten umzusehen, Vorlesungen über Geschichte und Jurisprudenz, über classische, orientalische, deutsche und überhaupt moderne Philologie und Literatur, über Philosophie und Naturwissenschaften zu hören. Was in den Seminarien in dieser Hinsicht geboten wird, kann der Natur der Sache nach nur sehr dürftig und ungenügend sein. Nur eine Universität kann überhaupt die Gelegenheit zu einer über das eigentliche Fachstudium hinausgehenden Ausbildung in der Mannigfaltigkeit bieten, welche die Verschiedenheit der Anlagen und Neigungen der Studierenden erheischt. Auf die Thatsache, daß erfahrungsmäßig diese Gelegenheit von Theologie-Studierenden doch nicht sehr fleißig benutzt wird, darf man darum kein Gewicht legen, weil diese Erfahrung sich doch nur auf die letzten Jahre bezieht und in äußeren Verhältnissen ihre Erklärung findet. Wenn man aber auf die Gefahr hinweist, daß der Theologe sein Fachstudium vernachlässige und seine Aufmerksamkeit und Thätigkeit zersplittere, so ist diese Gefahr allerdings vorhanden, aber doch eine solche, die vermieden werden kann, während an einer von der Universität getrennten theologischen Lehranstalt die andere Gefahr vorhanden ist und nicht wohl vermieden werden kann, daß die Studierenden eben nur in ihrem Fache unterrichtet werden, von den an die Theologie angrenzenden und von den die Kreise der Gebildeten überhaupt interessirenden Wissensgebieten aber nur eine beschränkte und einseitige Kenntniß erlangen, eine Gefahr, die um so schwerer zu vermeiden ist, als auch der persönliche Verkehr mit Studierenden anderer Facultäten wegfällt.

Freilich findet man auf der andern Seite gerade darin einen Vortheil der Seminar-Erziehung, ja einen Beweis der Nothwendigkeit derselben für die Candidaten des geistlichen Standes, daß diese nur so vor der sittlich gefährlichen Berührung mit der Welt bewahrt bleiben könnten. Ich gestehe, mir flößt eine solche durch künstliche Abschließung von der Welt bewahrte Tugend weder besondere Achtung noch besonderes Vertrauen ein. Daß das Universitätsleben seine sittlichen Gefahren hat, ist ja nicht zu bestreiten; es theilt diese Eigenschaft mit dem Leben überhaupt, und wenn der Geistliche denn doch in die Welt hinausgesandt werden muß, um in der Welt zu leben und zu wirken, so wird es ihm nicht schaden, wenn er die Jahre, welche seinem Eintritt in den geistlichen Stand vorhergehen, statt in der Abgeschlossenheit des Seminars an den Anstalten zugebracht hat, welche auch für andere junge Leute den Uebergang von der Schule in das Leben, von der Aufsicht und Zucht der Eltern und Lehrer zur männlichen Selbständigkeit vermitteln, und welche ihm eine Gelegenheit bieten, Menschenkenntniß und die Fähigkeit, mit Menschen zu verkehren, zu erwerben, wie sich eine solche Gelegenheit im Seminar nicht findet. Wer auch mit den besonderen Schutz- und Hülfsmitteln, welche dem Theologie-Studierenden durch vernünftig geleitete Convicte und auf andere Weise geboten werden können, die sittlichen Gefahren des Universitätslebens nicht zu bestehen vermag, von dem darf es wohl mit Recht bezweifelt werden, ob er wirklich berufen ist, als Geistlicher und Seelsorger zu wirken. Jedenfalls wird man demjenigen, welcher mit Altersgenossen, die andere Fächer studieren, gemeinsam die Universitätsjahre verlebt, dabei den Entschluß, in den geistlichen Stand einzutreten, festgehalten hat und am Schlusse seiner Studienzeit den Anforderungen, welche die geistlichen Oberen in wissenschaflicher und in sittlicher Beziehung an ihn stellen müssen, genügt, — mit mehr Vertrauen entgegen kommen können als demjenigen, welcher, von den Knabenjahren an bis zum Empfange der geistlichen Weihen im 24. oder 25. Lebensjahre in der Isolirung und Zucht eines Seminars ausgebildet, plötzlich in die Welt und das Leben hinausgesandt wird, um nunmehr nicht nur für sich selbständig zu sein, sondern auch der Lehrer, Rathgeber und Leiter Anderer zu werden. Es scheint mir, eine Hinweisung auf die Stellung, welche einerseits ein französischer Curé und anderseits ein deutscher Pfarrer, der eine Universität besucht hat, namentlich dem gebildetern Theile seiner Gemeinde gegenüber einnimmt oder doch bis vor einigen Jahren einnahm, dürfte allein schon die Frage zur Entscheidung bringen, welche Art der Vorbildung für den Geistlichen selbst und für diejenigen, unter denen er wirken soll, den Vorzug verdiene.

Das Einzige, was in dieser Beziehung zugegeben werden muß, ist die Thatsache, daß von denjenigen, welche an den Universitäten Theologie studieren, verhältnißmäßig mehr als in den Seminarien den Vorsatz, geistlich zu werden, aufgeben und zu einem andern Lebensberufe übergehen. Ich finde aber darin ein Argument nicht für, sondern gegen die Seminar-Erziehung. Ueber eine zu geringe Zahl der katholischen Geistlichen und Candidaten des geistlichen Standes war bisher in Deutschland nicht zu klagen, eher über das Gegentheil. Jedenfalls aber ist es für den Einzelnen wie für den ganzen Stand ein viel größerer Schaden, wenn auch nur Einer erst nach dem Empfange der Weihen und dem Beginn seiner Wirksamkeit zu der Einsicht gelangt, daß er seinen Beruf verfehlt hat, als wenn hundert vor dem entscheidenden Zeitpunkte zu der Erkenntniß gelangen, daß sie durch den Eintritt in den geistlichen Stand, — einen Schritt, der nach dem katholischen Kirchenrechte für das ganze Leben bindend ist, — ihren Beruf verfehlen würden.

In dem Falle ist freilich die Universitätsbildung für die Candidaten des geistlichen Standes unzweifelhaft unzulässig, wenn die Anschauung richtig ist, welche ein deutscher Bischof in den frivolen Worten ausgesprochen haben soll: „Ich brauche keine gelehrte, sondern nur fromme und gehorsame Geistliche." Frömmigkeit und Gehorsam gegen die gesetzlichen Oberen sind freilich für den Geistlichen nöthig, aber Gelehrsamkeit oder eine den Obliegenheiten seines Standes entsprechende wissenschaftliche

Bildung nicht minder, und eine mit wissenschaftlicher Bildung in Gegensatz gebrachte, also eine Frömmigkeit, welche durch wissenschaftliche Bildung geschädigt werden könnte, ist weder für den Geistlichen selbst noch auch für diejenigen, unter denen er wirken soll, heilsam; ein Gehorsam aber, mit dem eine tüchtige wissenschaftliche Bildung nicht verträglich wäre, ist nicht einmal für den Soldaten, viel weniger für den Geistlichen der rechte Gehorsam. Jener französische Cardinal hat vielleicht das thatsächliche Verhältniß nicht unrichtig dargestellt, wenn er sagte: „Meine Geistlichen sind wie ein Regiment; ich commandire, und sie werden marschieren." Aber normal wäre dieser Zustand selbst dann nicht, wenn alle Commandeure dieser blind gehorchenden Regimenter die nöthige Intelligenz besäßen. Unter besonderen Verhältnissen würden vielleicht einzelne vorübergehende Erfolge zu erringen sein. Aber auf die Dauer werden doch auf dem geistigen Gebiete, — und das religiöse und kirchliche Leben gehört doch wesentlich dem geistigen Gebiete an, — nur dann Erfolge zu erzielen sein, wenn jeder Einzelne, welcher dazu mitzuwirken hat, außer dem guten Willen, seine Pflicht zu thun und seinen Vorgesetzten zu gehorchen, auch noch die für seinen Posten erforderliche Intelligenz und Bildung besitzt. Die echte Frömmigkeit und Sittlichkeit und der rechte Gehorsam und kirchliche Sinn werden auch die Gefahren, welche ihnen das Universitätsleben bereiten mag, bestehen können und müssen. Wenn aber ein Geistlicher den Anforderungen genügen soll, welche unter den gegenwärtigen Verhältnissen im wohlverstandenen Interesse der Religion, der Kirche und seines Standes an ihn gestellt werden müssen, so muß er auch eine tüchtige wissenschaftliche theologische und allgemeine Bildung besitzen, und sind darum diejenigen Lehranstalten für ihn die besten, welche am geeignetsten sind, ihm diese Bildung zugänglich zu machen.

Ich glaube, das Gesagte reicht hin, um die Ueberzeugung

zu begründen, daß das System der Seminar=Erziehung, je consequenter es durchgeführt wird, um so weniger unter den Verhältnissen unserer Zeit und unseres Landes den wohlver= standenen Interessen der Kirche und des geistlichen Standes entspricht. Es wird nicht nöthig sein, eine Begründung des Satzes beizufügen, daß dieselbe ebenso wenig dem Interesse des Staates und der bürgerlichen Gesellschaft entspricht. Ich er= wähne dieses nur, um noch mit einigen Worten auf die Frage einzugehen, in wie weit die staatliche Gewalt berechtigt ist, sich mit dieser Angelegenheit praktisch zu beschäftigen.

Würde das, was man mit den Formeln „Trennung der Kirche vom Staate" oder „freie Kirche im freien Staate" zu bezeichnen pflegt, consequent durchgeführt, so würde der Staat die Ausbildung der Geistlichen einfach als eine ihn gar nicht angehende Sache zu behandeln haben. Es ist aber mindestens zweifelhaft, ob die consequente Verwirklichung jener Formeln überhaupt möglich oder räthlich ist, und es ist ganz sicher, daß daran in Deutschland für jetzt und wenigstens für die nächste Zukunft nicht gedacht werden kann. Nicht die Trennung von Staat und Kirche, sondern die Grenzregulirung zwischen Staat und Kirche ist für uns in Deutschland die zu lösende Aufgabe. Es ist nun gar nicht zu verkennen, daß diese Grenzregulirung gerade bezüglich der Vorbildung der Geistlichen eine eigenthüm= liche Aufgabe ist. Ihre Lösung ist leicht, wo die staatlichen und der kirchlichen Gewalten mit einander harmonieren, aber schwer und fast unmöglich, wo diese Harmonie gestört ist. In dem erstern Falle werden wenige, leicht zu formulirende allgemeine Sätze über das staatliche und das kirchliche Recht bezüglich der Anstellung der Lehrer und der obersten Leitung und Beauf= sichtigung der Lehranstalten genügen, — Sätze, deren praktische Durchführung bei beiderseitigem guten Willen, wenn auch nicht ohne einzelne Differenzen, so doch ohne eigentliche Conflicte

möglich) ist. Wären die deutschen Kirchenfürsten von der Ueber=
zeugung durchdrungen, daß die Gymnasial= und Universitäts=
bildung für die Candidaten des geistlichen Standes nothwendig
sei, so würde eine Verständigung keine unlösbaren Schwierig=
keiten darbieten. Gehen sie aber von der Anschauung aus, daß
die Seminar=Erziehung in der Gestalt, wie sie in Frankreich
und anderen Ländern besteht, das eigentliche Ideal, die Univer=
sitätsbildung und jede ihr analoge Einrichtung ein zu beseiti=
gender Mißbrauch sei, so ist eine Verständigung nicht möglich,
und bleibt der staatlichen Gewalt vorerst nichts übrig, als ihrer=
seits selbständig die Forderungen zu formuliren, welche sie be=
züglich der Vorbildung der Geistlichen zu stellen sich für be=
rechtigt und verpflichtet hält.

Als ich vor jetzt gerade dreißig Jahren als junger Student
die hiesige Universität bezog, war es der kühnste meiner jugend=
lichen Wünsche, derselben dereinst als Lehrer der Theologie ange=
hören zu können. In wenigen Monaten werden es zwanzig Jahre,
daß sich dieser Wunsch für mich verwirklicht hat. Daß ich je=
mals als Rector hier würde zu reden haben, das habe ich
weder vor dreißig noch vor zwanzig Jahren gehofft. Aber ebenso
wenig habe ich damals geahnt, daß meine Thätigkeit als Lehrer der
Theologie jemals in der Weise gehemmt und unterbrochen und
daß die Bedeutung der katholisch=theologischen Facultät jemals
so verkannt werden könne, wie es geschehen ist. Das Uner=
wartete ist wirklich geworden. Gestatten Sie mir, mit dem
Ausdruck der Hoffnung zu schließen, daß auch die folgenden
Decennien Unerwartetes bringen mögen, — nicht für mich per=
sönlich; darauf würde ich bereitwillig verzichten, — aber für sie,
die unser Aller Mutter ist, für unsere Alma Rhenana, und
für ihre Schwester=Universitäten. Das wohlverstandene Interesse
der Religion und der Kirche ebenso wohl wie das des nationalen

Lebens und des Staates erheischt eine Beendigung der Con=
flicte, inmitten deren wir leben, und ich wenigstens mag die
Hoffnung nicht aufgeben, daß mit der Zeit, wenn auch nur
langsam und allmählich, die Ueberzeugung sich bei allen Be=
theiligten Bahn brechen werde, eine für Kirche und Staat, für
die religiösen, socialen und politischen Verhältnisse segensreiche
Wirksamkeit der Geistlichen aller Bekenntnisse habe eine Erzie=
hung derselben zur Voraussetzung, welche sie von den großen
Pflegestätten deutscher Wissenschaft und deutscher Bildung nicht
fern hält.

Anmerkungen.

1) Nach einer Notiz des Prof. G. Caffani im Rinnovamento cattolico, Anno II. Vol. I. (Bologna 1872) S. 391 gab es an den italienischen Staats-Universitäten überhaupt nur noch fünf oder sechs, schon bejahrte Professoren der Theologie; gemäß einem Beschlusse des Parlamentes wurden schon seit Jahren die zur Erledigung kommenden Professuren nicht mehr besetzt; an einigen Universitäten, wie zu Bologna, war die theologische Facultät bereits aufgehoben; „mit Einem Worte, die Theologie war todt an unseren Universitäten: sehr wenige Lehrer, noch weniger Studenten."

2) Die Universitäten sonst und jetzt, München 1867, S. 42.

3) Das Concil von Trient bestimmt Sess. 23, cap. 18 de ref.: In allen Diöcesen sollen junge Leute in einem Collegium unterhalten, fromm erzogen und in den kirchlichen Disciplinen unterwiesen werden. Zur Aufnahme wird erfordert ein Alter von zwölf Jahren, eheliche Geburt, Lesen und Schreiben und die Aussicht, daß die Aufgenommenen Beruf zum geistlichen Stande haben. Es sollen vorzugsweise Söhne von Armen aufgenommen, Söhne von Reicheren aber nicht ausgeschlossen werden. Die Zöglinge sollen von Anfang an die Tonsur und geistliche Kleidung tragen. Der Unterricht soll umfassen Grammatik, Gesang, den computus ecclesiasticus und die „anderen guten Künste", die h. Schrift, die kirchlichen Bücher, die Homilieen der Heiligen, die Spendung der Sacramente, namentlich der Buße, und die kirchlichen Cäremonien. Die Leitung liegt dem Bischof ob, der sich des Rathes zweier Domherren bedienen soll. Wo die Mittel nicht ausreichen, kann Ein Seminar für mehrere Diöcesen zusammen, in größeren Diöcesen können mehrere Seminare errichtet werden.

Durch diese Verordnung ist nicht bestimmt, daß alle Candidaten des geistlichen Standes in solchen Seminarien erzogen werden sollen. Daß aber nach der römischen Anschauung die Seminar-Erziehung das Normale, die Universitätsbildung ein Mißbrauch ist, zeigt u. a. der

Bericht des officiellen Geschichtschreibers des Vaticanischen Concils (E. Cecconi, Gesch. der Allg. Kirchenversammlung im Vatican, übers. von W. Molitor, Regensburg 1873, 1. Thl. S. 299) über die Arbeiten der „Commission der Disciplin": „Man erkannte vor allem die Nothwendigkeit, den kirchlichen Seminarien durch Maßnahmen, welche den Bedürfnissen unserer Zeit entsprechen, neuen Aufschwung zu geben, im Hinblick namentlich auf den bedauernswürdigen Mißstand, daß in einigen Ländern die Studierenden der Theologie nur die letzte Zeit zur Vorbereitung auf die heiligen Weihen in den Seminarien verbringen, während die eigentlichen Studien auf den öffentlichen Anstalten und Landesuniversitäten gemacht werden, wo die so nothwendige bischöfliche Aufsicht über den gesunden Unterricht und die rechte Erziehung der Jünglinge nicht durchzuführen ist. Deshalb wurde ein Consultor beauftragt, ein Gutachten über die so wichtige Frage der Erziehung und des Unterrichts des Clerus auszuarbeiten und die Maßregeln vorzuschlagen, welche im Stande wären, das Institut der Seminare wirklich ersprießlich zu machen und es den heutigen Bedürfnissen der Kirche anzupassen. Sie bestehen darin, daß der Clerus bis zum Empfange der heiligen Weihen ausschließlich in gut disciplinirten Seminarien, wo nach gesunder Methode gelehrt wird, erzogen werde; sodann daß er, bevor er mitten in die Welt geworfen wird und in das kirchliche Amt eintritt, in geeigneten Convicten Zeit und Mittel finde, sich im Geiste der Kirche wohl zu befestigen; daß ihm sodann nach Umständen auch die Gelegenheit nicht fehle, sich in anderen Seminarien in seinen Studien zu vervollkommnen, um durch höhere Bildung sich zu größerer Wirksamkeit in seinem erhabenen Berufe zu befähigen."

Prof. J. Hergenröther in Würzburg sucht in dem Aufsatze „Universitäts- oder Seminarbildung der Geistlichen" im „Chilianeum" N. F. 1. Bd. (1869), S. 438 ff. nachzuweisen, das Concil von Trient habe „den Hochschulen überhaupt nicht und insbesondere nicht mit seinem Decrete über die Seminarien präjudiciren wollen", und „der Untergang der theologischen Facultäten werde vom streng kirchlichen Standpunkte nicht gefordert." Aber nach seiner Argumentation würde doch die Aufgabe der Facultäten hauptsächlich darauf beschränkt werden, „daß Theologen, die ihre Studien an kleineren Lehranstalten beendigt, behufs weiterer Ausbildung noch eine Universität besuchen" (S. 439) und daß „die Universitäten die Lehrer an den kleineren Collegien heranbilden und diese selbst in ein filiales Verhältniß zu sich bringen."

Diese Auffassung kam auch auf der Versammlung der deutschen Bischöfe zu Fulda im Jahre 1867 zum Ausdrucke. Dem mir vorliegenden (nicht veröffentlichten) Protocolle dieser Versammlung ist ein „Gutachten mehrerer Theologen im Auszuge" angehängt, worin es wörtlich heißt: „Die theologischen Facultäten unserer Hochschulen haben eigentlich die Aufgabe, zu der Fortbildung der Geistlichen in der Theologie und den theologischen Hülfswissenschaften Gelegenheit zu bieten. In ihrer gegenwärtigen Stellung und Richtung dürften sie aber einer solchen Bestimmung nicht entsprechen; vielmehr darf man behaupten, daß sie bei ihrem Streben, den ersten Unterricht im Priesterseminar zu ersetzen, ebenso untauglich für die Fortbildung wie für die Grundlage der theologischen Wissenschaft sind. Anders steht es um die theologische Facultät an der katholischen Universität zu Löwen, welche daher auch von den belgischen Bischöfen zu dem genannten Zwecke bestens benützt wird. Als Schlußfolge möchte sich darum ergeben, überall in der katholischen Welt solche Seminarien für tiefere und ausgebreitetere Wissenschaft, wofern sie noch nicht vorhanden sind, zu gründen, dort hingegen, wo Universitäten mit katholisch-theologischen Facultäten bestehen, diese dem kirchlichen Organismus wieder einzufügen und so ihrer höhern Bestimmung zurückzugeben."

In einem zweiten Gutachten heißt es: „Zur thunlichsten Förderung der wissenschaftlichen Ausbildung der Aspiranten des geistlichen Standes wird nicht unerheblich beitragen resp. nothwendig sein: . . . 4. in jenen Diöcesen, in welchen die Zöglinge der Knaben- und Clericalseminarien noch auswärtige staatliche Lehranstalten besuchen, kräftige und nachhaltige Vertretung der kirchlichen Interessen und Geltendmachung der kirchlichen Auctorität (vigilanti iura!) und kirchlichen Rechte auf Besetzung der Lehrstellen, Gebrauch von Lehrbüchern, auf die Art und Weise des Betreibens der Studien überhaupt... Talentvollen Geistlichen, welche Neigung zum Lehrfach oder zur weitern Ausbildung haben, wäre die Gelegenheit zu bieten, in Rom oder an einer katholischen Landes-Universität sich weiter für das Doctorat oder Lehrfach auszubilden und vorzubereiten. Zur leichtern Erreichung dieses Zweckes wäre es angemessen, wenn an den theologischen Facultäten der Universitäten außer den für die Theologie-Candidaten berechneten obligaten Vorlesungen auch theologische Fächer zur Fortbildung für Doctoranden, namentlich Exegese, Patristik, Kirchenrecht, in umfassender und tief eingehender Weise gelehrt würden."

Dieser letztere Vorschlag läßt sich eher hören als manche in dem erften Gutachten enthaltene, aus welchem ich bei dieſer Gelegenheit noch folgendes mittheile:

„Was das Studium der lateiniſchen Sprache betrifft, wäre vor allem darauf zu bringen, das Aufſichtsrecht der Kirche über die Staats= gymnaſien auf den philologiſchen Unterricht auszudehnen, damit durch den claſſiſchen Glanz der kirchliche Geiſt nicht verdrängt und dem Unterricht in der lateiniſchen Sprache das ihm gebührende Maß zuge= ſtanden werde. Auf den Staatsgymnaſien wird das Studium der lateiniſchen Sprache mehr und mehr durch eine unabſehbare Reihe von Fächern in den Hintergrund gedrängt, ſo daß die Candidaten des Prieſterſtandes in Folge deſſen ohne die für den Theologen wünſchens= werthe Fähigkeit in dieſer Sprache ins Prieſterſeminar treten. Will der Staat auf desfallſige Vorſtellungen der Kirche nicht eingehen, ſo bleibt dieſer doch Ein unbeſtrittenes Recht: ſie braucht nicht als für das philoſophiſche und theologiſche Studium reif zu acceptiren, was der Staat ihr ſendet, ſondern hat über Reife und Unreife ſelbſt zu urtheilen. Es dürfte alſo die Aufnahme ins Prieſterſeminar von einer Prüfung in den für die Kirche nothwendigen Kenntniſſen, wie z. B. in der Rhetorik und der lateiniſchen Sprache, abhängig gemacht werden.“

„Mehr noch als in der Einrichtung der Gymnaſien liegt der Grund für die Abnahme des lateiniſchen Sprachſtudiums beim Clerus in dem Umſtande, daß die Philoſophie und Theologie nicht mehr, wie ehedem, nach lateiniſchen Handbüchern und in lateiniſcher Sprache vorgetragen werden. Eine Vorſchrift alſo, die philoſophiſchen und theologiſchen Wiſſenſchaften möglichſt nach lateiniſchen Handbüchern und theilweiſe auch in lateiniſcher Sprache zu lehren, wäre ein zweck= mäßiges Mittel, dieſelbe wieder zur Uebung und zu dem Anſehen zu bringen, welches ihr ſowohl als Kirchenſprache als auch darum gebührt, weil ſie ſich wegen ihrer feſt beſtimmten Terminologie mehr wie jede andere für die Wiſſenſchaft eignet.“

„Um in Betreff der Philoſophie die Reinheit der Lehre ſicher zu ſtellen, wäre die Vorſchrift beſonders zu empfehlen, daß, wie in der Theologie und dem kanoniſchen Rechte, ſo auch in der Philoſophie ein vom Ordinarius approbirtes Handbuch zu Grunde gelegt würde.“

„Ein gründliches Studium der Philoſophie iſt die Grundlage des theologiſchen Studiums. Beſtimmt man für das letztere an ver= ſchiedenen Anſtalten einen zwei= bis dreijährigen Curſus, ſo wird wohl nicht zu viel verlangt, wenn die Anordnung getroffen würde, daß der Candidat des Prieſterſtandes vor dem Beginne ſeiner theologiſchen

Studien wenigstens ein volles Jahr Philosophie studiere und über den Erfolg, mit dem er den Hauptdisciplinen derselben, insbesondere der Logik und Metaphysik, obgelegen, sich durch Prüfung ausweise."

„Unter Theologie versteht man in Rom Dogmatik und Moral. Ein gründliches Studium dieser Disciplinen und des kanonischen Rechtes fordert mehr Zeit, als daß auch der fähigste Jüngling sie in drei Jahren sich aneignen und dabei noch eine lange Reihe theologischer und philologischer Fächer mit großem Zeitaufwande studieren könnte, geschweige denn, daß ein minder begabter Jüngling dies zu thun vermöchte. Es dürfte sich also der Vorschlag empfehlen, die Zahl der obligaten Lehrfächer, in denen die Candidaten des geistlichen Standes zu prüfen sind, auf die vorgenannten dermaßen zu beschränken, daß das Bestehen [einer Prüfung] in denselben für die Aufnahme [in das Clericalseminar] maßgebend wird. Auch müßte die Dogmatik zu den übrigen Fächern in das gehörige Verhältniß gebracht werden, da es schlechterdings unmöglich ist, diese Disciplin, wie an einigen Universitäten versucht wird, in einem oder zwei Jahren mit wenigen wöchentlichen Stunden gehörig zu lehren."

Ein drittes, dem Fuldaer Protocoll beigefügte „Votum betreffend die katholische Wissenschaft" lautet also:

„Was haben die Bischöfe in Sachen der katholischen Wissenschaft zu thuen?

1. Dieselbe zu beaufsichtigen; auch dafür sind sie episcopi.

2. Falsche oder gefährliche Lehrmeinungen und Richtungen dürfen sie nicht dulden und müssen nöthigenfalls deren Verwerfung bei dem apostolischen Stuhle selbst erwirken.

3. Bestehen Controversen und Zweifel, welche ernstliche Bedenken erregen, die Gewissen beunruhigen, Gefahren bereiten, so müssen sie gleichfalls, wo nöthig, die Entscheidung derselben beim apostolischen Stuhle erwirken.

4. Sie müssen wachen und Sorge tragen, daß den kirchlichen Lehrentscheidungen allerwärts der gebührende Gehorsam zu Theil werde.

5. Von allen Lehrern der Theologie und Philosophie müssen sie fordern, daß sie ihren Schülern nicht bloß keine gewagten und unsicheren Behauptungen, sondern überall die soliden, erprobten und von der sententia communis adoptirten Lehrmeinungen vortragen; denn nicht alles, was der wissenschaftlichen Discussion gestattet ist, ist auch in dem Unterrichte der Anfänger und der Candidaten des Priesterthums zulässig.

6. Von den Universitäts=Professoren müssen die Bischöfe als

von Priestern und Lehrern der Theologie fordern, daß sie ihnen und dem apostolischen Stuhle Obedienz und Reverenz, wie alle anderen Diener der Kirche, beweisen. Daß dadurch die Wissenschaft und ihre rechtmäßige Freiheit beeinträchtigt werde, kann ohne Injurie gegen die kirchliche Auctorität nicht behauptet werden. Gewiß sind Mißgriffe einzelner Bischöfe möglich; aber es sind diese lange kein so großes Uebel als die falsche Unabhängigkeit der Universitätsprofessoren von der lebendigen kirchlichen Auctorität.

7. Die Bischöfe müssen da, wo die Theologen an den Universitäten studieren, denselben eine große Sorgfalt zuwenden:

a. sie müssen sorgen, daß sie an den Hochschulen in den Convicten ein wahrhaft frommes und künftiger Priester würdiges Leben führen, und müssen für die Abhaltung regelmäßiger Exercitien sorgen;

b. sie müssen strengstens darauf bestehen, daß die Lehrstühle nur mit solchen Professoren besetzt werden und bleiben, die ihr volles Vertrauen besitzen;

c. sie müssen namentlich bedacht sein, daß die Hauptfächer der Dogmatik, Moral und des kanonischen Rechts gut besetzt seien und daß denselben die gebührende hervorragende Stellung gegenüber den anderen Disciplinen eingeräumt werde;

d. sie müssen eine gleiche Sorgfalt der Philosophie zuwenden und bedacht sein, daß alle Theologen einen richtigen und soliden philosophischen Unterricht genießen.

8. Es kann nimmer gestattet werden, daß die Staatshochschulen das Monopol der theologischen und philosophischen Wissenschaft und der wissenschaftlichen Ausbildung des Clerus für sich beanspruchen; vielmehr müssen sie rein kirchliche Anstalten neben sich anerkennen und mit denselben in jener Eintracht wirken, welche der Geist Christi in der Kirche fordert.

9. Die Bischöfe müssen ihren Seminarien und geistlichen Lehranstalten die höchste Sorgfalt zuwenden, um sie auch wissenschaftlich auf eine möglichst hohe Stufe zu erheben, und das gilt auch namentlich bezüglich der philosophischen Wissenschaft. Die kirchlichen Mittel können zu keinem wichtigern, heiligern und kirchlichern Zwecke verwendet werden.

10. Die Gründung vollständiger katholischer Universitäten, die nicht vom Staate, sondern von der Kirche abhängen, ist ein durchaus zu erstrebendes Ziel, und verdienen die desfallsigen, wenn auch noch schwachen Bemühungen alle Förderung von Seiten des Episkopates."

Bezüglich dieses Votums enthält das Protocoll über die am 20. Oct. stattgehabte Berathung der Bischöfe folgendes: „Es folgte nunmehr das Referat über die Förderung und Pflege einer christlichen Wissenschaft in Deutschland, wobei davon ausgegangen wurde, daß der Heiland seiner Kirche auch das Charisma der Weisheit und Wissenschaft gegeben habe, sonach sein heiliges Erlösungswerk auch durch das Mittel der Wissenschaft gefördert wissen wolle. Wenn nun die derzeitige bedauerliche Divergenz der deutschen Wissenschaft, das stolze Selbstgefühl der Philosophie, die Anmaßung der modernen Pädagogik und Didaktik ɾc. beseitigt werden solle, so müsse dies dadurch geschehen, daß die Kirche den frühern Einfluß ihrer Stellung wieder erobere. Wie dies zu geschehen habe, ist nach Maßgabe des beigefügten Votum erörtert worden, dessen sub 1—9 formulirte Propositionen sich des Beifalls und der Zustimmung zu erfreuen hatten." (No. 10, die Gründung einer katholischen Universität betreffend, war schon am 19. Oct. erledigt worden.)

In diesen Actenstücken spricht sich offenbar die Tendenz aus: 1. die wissenschaftliche Ausbildung der Candidaten des geistlichen Standes möglichst für die bischöflichen Seminarien in Anspruch zu nehmen; 2. den theologischen Unterricht an den Universitäten, wo diese noch von Candidaten des geistlichen Standes besucht werden, ganz unter den Einfluß des betreffenden Diöcesanbischofs zu bringen und auf das Niveau eines theologischen Elementar=Unterrichtes herabzudrücken; 3. die Wirksamkeit der theologischen Facultäten auf die Ausbildung von solchen jungen Leuten zu beschränken, welche bereits in den Seminarien die theologischen Studien absolvirt und die geistlichen Weihen empfangen haben, und welche sich nun noch weiter ausbilden wollen, namentlich um als Lehrer in den Seminarien verwendet zu werden. Diese den bestehenden theologischen Facultäten vorläufig noch belassene Aufgabe sollte dann später an die „nicht vom Staate, sondern von der Kirche abhängigen katholischen Universitäten" übergehen oder, nach den in der angeführten Stelle von Cecconi gegebenen Andeutungen, an „andere Seminarien."

Einen ähnlichen Vorschlag hat der Abbé Delarc in der zu Paris 1871 erschienenen Schrift De l'enseignement supérieur de la théologie en France gemacht (s. Theol. Lit.=Bl. 1872, 1). Neben den in allen französischen Diöcesen bestehenden Seminarien, denen die ganze theoretische und praktische Ausbildung der Geistlichen anvertraut ist, gibt es allerdings in Frankreich noch fünf theologische Facultäten (zu Paris, Aix, Bordeaux, Lyon und Rouen), welche einen Theil der französischen Universität bilden und deren Professoren von dem Staats=oberhaupte auf den Vorschlag des Unterrichtsministers und die Prä=sentation des Erzbischofs oder Bischofs der Diöcese ernannt werden. Die von den Professoren dieser Facultäten gehaltenen Vorlesungen werden aber nicht von Theologie=Studierenden, sondern nur von Laien und hie und da von bereits angestellten Geistlichen besucht, und die Professoren müssen sich, um überhaupt Zuhörer zu bekommen, von allen wissenschaftlichen theologischen Fragen fern halten und auf popu=läre und rhetorische Vorlesungen allgemeiner Art beschränken. (Ein Professor des Kirchenrechts soll, um Zuhörer zu bekommen, über Fragen des Handelsrechts gesprochen haben.) Bei der Entwicklung seiner Vor=schläge zur Organisation eines über die bischöflichen Seminarien hin=ausgehenden theologischen Unterrichts verwirft nun Delarc entschieden den von „vielen guten Geistern“ empfohlenen Plan, Universitäten zu gründen: die Universitäten, meint er, hätten sich überhaupt überlebt; die „moderne Form des Unterrichts“ seien selbständige Facultäten oder Fachschulen; Studierende der Theologie mit Studierenden der Medicin und der Rechte zusammen die Universitätsjahre verleben, sich täglich in dasselbe Gebäude begeben, sich in den nämlichen Corridoren be=gegnen und theilweise die nämlichen Vorlesungen hören zu lassen, gehe jedenfalls nicht an; das heiße „die Wölfe in den Schafstall lassen.“ Delarc zieht also nur die Gründung von selbständigen theologischen Fachschulen in Betracht. Um an das Bestehende anzuknüpfen, schlägt er vor, es möge für die fünf vorhandenen Facultäten die päpstliche Approbation erwirkt werden, damit die von ihnen ertheilten Grade auch kirchliche Geltung erlangten. Dann soll neben jeder Facultät, da die Theologie=Studierenden nothwendig in einem Seminar wohnen und die Hörsäle sich in diesem Seminar befinden müssen, ein „Metro=politan=Seminar“ errichtet werden. In jedem Diöcesan=Seminar sollen jährlich unter den Alumnen, die ein Jahr darin zugebracht, einer oder zwei ausgewählt, für vier Jahre in das „Metropolitan=Seminar“ und an die theologische Facultät gesandt, dort Baccalaurei und Licentiaten werden und dann noch für ein Jahr in das Diöcesan=Seminar zurück=kehren. Da auf jede Facultät 17 oder 18 Diöcesen kommen, so wür=den jeder jährlich etwa 25 Seminaristen zugewiesen werden, die also mehr als den „theologischen Elementar=Unterricht“ der Diöcesan=Seminarien erhalten würden.

4) Selbst Hergenröther (a. a. O. S. 452) sagt: „Und wenn die Einen von den Universitäten so viel Böses zu sagen wissen, können die Anderen nicht von der Seminarbildung mit vielleicht nicht weniger Grund ebenfalls Schlimmes aussagen? z. B. daß es ein großer Mißstand ist, wenn die Lehrer rasch gewechselt, jüngere Geistliche ohne alle Vorbereitung zum Vortrag der Exegese, der Dogmatik u. s. f. deputirt werden, daß leicht aus diesen Anstalten einseitige und beschränkte Geistliche hervorgehen, denen jede Welterfahrung wie gründliche Bildung abgeht, manche junge Heuchler in ihnen Nahrung und Verpflegung finden, die ihre Leidenschaften äußerlich zurückhalten, und ihnen nachher in der Welt zu größerm Aergerniß der Gläubigen die Zügel schießen zu lassen, daß ein unselbständiger, nur an blinden, auch über das kanonische Maß hinausgehenden Gehorsam gewöhnter Clerus noch kein Glück für eine Diöcese ist? Und wenn es wahr ist, daß die freie unbedingte Hingabe an die Wissenschaft eine gewisse Freiheit der äußern Stellung bedingt, werden die Docenten an kleineren Anstalten, oft kümmerlich genug gehalten, immer mit dem Erfolg das ihnen anvertraute Wissensgebiet cultiviren können, den die äußerlich schon günstiger gestellten Professoren an den Hochschulen erringen?"

5) In der sehr lesenswerthen Schrift „Die theologischen Studien in Oesterreich und ihre Reform" (von Dr. J. Ginzel, Domcapitular in Leitmeritz), Wien 1873 (vgl. Theol. Lit.-Bl. 1873, 29) heißt es S. 102: „Was für einer wissenschaftlichen Bildung sind Candidaten des geistlichen Standes fähig, welche das Gymnasium bloß »mit hinreichendem Erfolge« zurückgelegt, d. h. nicht in der Maturitätsprüfung ein Zeugniß der Reife für Facultätsstudien errungen haben?" Und S. 105: „Die große Zahl derer, die sich der Theologie seit 1848 zuwenden, sind junge Leute, deren mittelmäßiges Talent oder geringer Fleiß sie die Maturitätsprüfung nach Zurücklegung der Gymnasialstudien mit Erfolg nicht bestehen ließ. Derlei Leute sind überhaupt für eine wissenschaftliche Bildung nicht gemacht, und der tüchtigste Professor wird sich vergebens mühen, dieser Sorte von Studierenden Liebe zur Wissenschaft beizubringen." — In der Gegenschrift (von Prof. Stanonik in Graz) „Zur Reform der theologischen Studien in Oesterreich", Graz 1873 (vgl. Theol. Lit.-Bl. 1873, 293) wird dagegen S. 33 bemerkt: „Daß der Bischof von Lavant Niemand ohne Maturitätsprüfung ins Seminar aufnimmt, weiß ich aus dem Munde mehrerer Zeugen. Der Bischof von Laibach behält es sich nur vor, von dieser Regel in Nothfällen Ausnahmen zu machen, welche aber bis auf die jüngste Zeit,

wo der geistliche Nachwuchs in Folge des neuen Militärgesetzes aus-
zusterben droht, sehr selten waren. Die »außerordentlichen« Studierenden
an den Facultäten, welche keine Maturitätsprüfung [bestanden] haben,
bilden keinen so großen Bruchtheil, wie man nach den Versicherungen
unserer Reformer glauben könnte. In Graz z. B. waren im ersten Se-
mester 1872 103 immatriculirte und 23 außerordentliche Zuhörer der
Theologie", — also ein starkes Sechstel an einer Universitäts-Facultät!
Der Verfasser fügt die charakteristische Bemerkung bei: „Die Mannigfaltigkeit und Zahl der Lehrfächer an den Gymnasien ist so groß, und
mehrere derselben sind nicht als Vorbereitung für den geistlichen, sondern für den Beruf des Mediciners oder Philosophen berechnet. Wenn
nun ein noch so braver Jüngling die ganze Gedächtnißmarter nicht
besteht, wenn er gerade in einem Gegenstande durchfällt, welcher für's
Studium der Theologie nicht so nothwendig ist: soll ihm der Weg
hiezu verschlossen werden?"

Druck von Carl Georgi in Bonn.